De Mari
Para Mª teresa
(una amiga muy especial)

Otros minilibros de la serie REGALO DE AMOR:

PARA UNA HIJA MUY ESPECIAL
PARA UNA MADRE MUY ESPECIAL
FELIZ ANIVERSARIO

Dedicatoria: A una amistad muy especial, la de Heather Gibbons, una personita verdaderamente maravillosa. Muchísimo cariño y miles de gracias de Juliette.

Título del original inglés:
TO A VERY SPECIAL FRIEND

Traducido por:
GUILLERMO SOLANA

Ilustraciones Juliette Clarke
Editado por Helen Exley

ISBN: 84-7640-798-X

A MI LADO

No andes delante de mí,
quizá no te siga.
No andes tras de mí,
quizá no te lleve.
Anda a mi lado,
y sé simplemente mi amigo

ALBERT CAMUS

* * *

Amigo mío. Nunca esperes demasiado de mí. Te alegras de mis éxitos, pero no cambias cuando fracaso. Me das toda la ayuda de que dispones, pero, lo que es más importante, estás simplemente ahí.

WENDY JEAN SMITH

* * *

¿QUÉ ES UN AMIGO?

Un amigo es una persona con quien te atreves a ser tú misma

PAM BROWN, nacida en 1928

* * *

Un amigo es alguien a quien desagradan las mismas personas que a ti.

ANÓNIMO

* * *

...Si lloras, lloro contigo;
alégrame tu contento;
lo mismo que sientes siento,
¿y me llamas mal amigo?

TIRSO DE MOLINA

* * *

Mi mejor amigo es el que enmienda mis errores o reprueba mis desaciertos.

JOSÉ DE SANMARTÍN

* * *

Los amigos verdaderos son aquellos que, cuando te has comportado como un estúpido, no creen que vaya a suceder siempre así.

H. M. E

* * *

EL CONSUELO DE LAS PEQUEÑAS COSAS

Oh, el consuelo, el indecible consuelo de sentirse segura con una persona; de no tener que sopesar pensamientos ni que medir palabras, sino manifestarlos.
Justo como son, paja y grano juntos, sabiendo que una mano fiel los acogerá y cribará, guardará lo que valga la pena y arrojará el resto con un soplo amable.

MARY ANN EVANS (GEORGE ELIOT) (1819-1880)

* * *

Y todas las personas viven, no en virtud del cuidado que tengan de sí mismas, sino por el cariño que otras sienten por ellas.

LEÓN TOLSTÓI (1828-1910)

* * *

La felicidad de la vida está constituida por minúsculas fracciones, las atenciones olvidadas de un beso o de una sonrisa, una mirada cordial, un cumplido sincero.

SAMUEL TAYLOR COLERIDGE (1772-1834)

* * *

Los amigos atraviesan corriendo la calzada con
una bandeja de tortas recién hechas.
Los amigos te llevan a ver los gatitos recién nacidos.
Los amigos salvan trincheras por ti.
Los amigos dejan bolsas de manzanas en el umbral.
Los amigos limpian de nieve tu acera.
Los amigos terminan tus trabajos cuando a ti
se te olvida.
Los amigos dan de comer al gato.
Los amigos son absolutamente indispensables.

JUDITH C. GRANT, nacida en 1960

A través de una llamada
telefónica,
una visita inesperada,
un encuentro fortuito
o una pequeña
sorpresa, un amigo pone
un poco de mermelada
en el pan y la mantequilla
de cada día.

J. R. C.

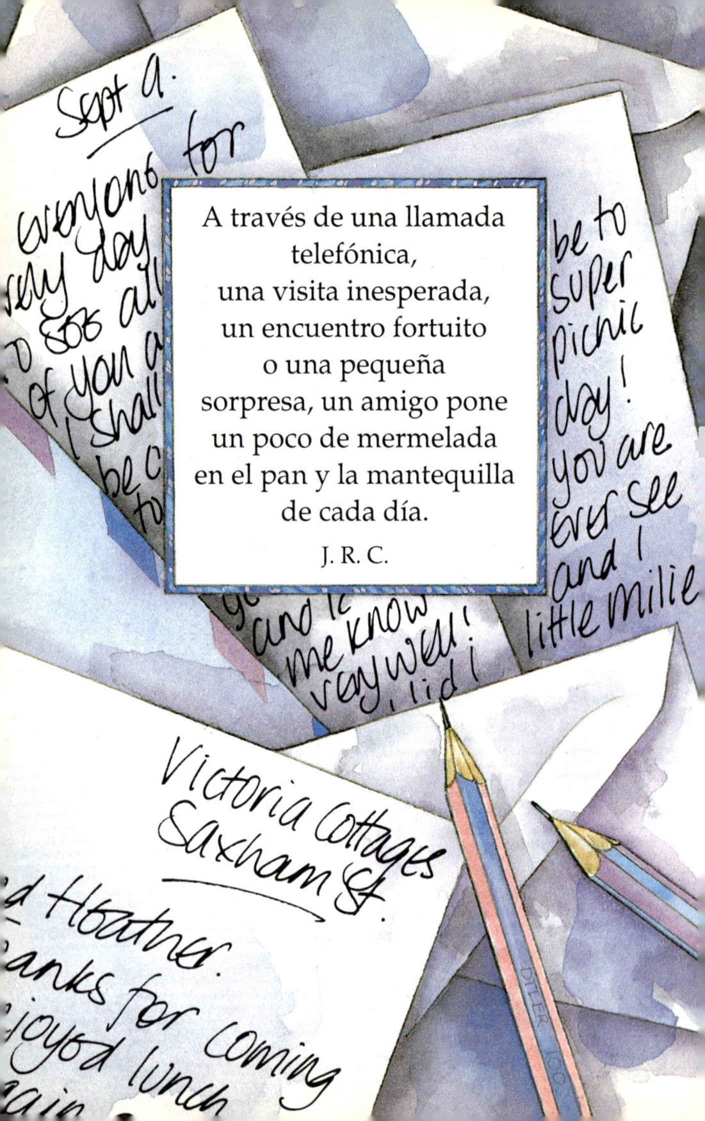

UN AMIGO...

Un amigo sabe cómo prescindir en tu charla
de la simple cantidad, y replicar sólo a la calidad...

WILLIAM DEAN HOWELLS (1837-1920)

* * *

Los amigos siguen siendo amigos porque no se
entrometen mutuamente en sus vidas.

RICHARD ALAN

* * *

No esperes que tu amigo venga a descubrirte su
necesidad: ayúdale antes.

LUIS VIVES

Una amiga jamás dice: "Ya te lo advertí",
aunque lo hubiera hecho.

WENDY JEAN SMITH

* * *

NO ES PRECISO HABLAR

Siempre creí que el privilegio, el alivio y el consuelo más grandes de la amistad consisten en que no es necesario explicar nada.

KATHERINE MANSFIELD (1888-1923)

* * *

La verdadera amistad sobreviene cuando es cómodo el silencio entre dos personas.

DAVE TYSON GENTRY

* * *

Los silencios entre amigos constituyen auténticas conversaciones. Lo que importa no es lo que se dice, sino lo que jamás resulta preciso decir.

MARGARET LEE RUNBECK

* * *

No hay placer comparable al de encontrar un viejo amigo, excepto el de lograr uno nuevo.

RUDYARD KIPLING

* * *

Un amigo escucha la canción de mi corazón y me la canta cuando me falla la memoria.

Del *Manual de jefas de pioneras*

* * *

...cuando unas personas poseen luz en sí mismas, de ellas emanará. Así llegamos a conocernos como cuando caminamos en la oscuridad, sin necesidad de pasar nuestra mano por el rostro del otro o de deslizarnos en su corazón.

ALBERT SCHWEITZER (1875-1965)

* * *

ESE AMIGO TAN ESPECIAL

No podemos decir en qué momento exacto surge una amistad. Como cuando se llena una vasija gota a gota, la última la rebosa; así, en una serie de gestos cordiales, el último desborda el corazón.

JAMES BOSWELL (1740-1795)

* * *

Primero de todo, para que haya amistad ha de existir ese estado delicioso e indefinible que supone sentirse a gusto con su compañía, la del único hombre o la única mujer que te interesa entre una multitud, con quien coincides en pensamientos y gustos.

JULIA DUHRING

* * *

Luego, poco a poco, descubrimos entre muchas amigas a una que se siente especialmente a gusto con nosotras y a quien, advertimos, tenemos infinidad de cosas que decir. No es la primera de la clase, no está particularmente bien considerada por las demás, no llama la atención su modo de vestir... y cuando regresamos a casa con ella reparamos en que sus zapatos son idénticos a los nuestros, fuertes y sencillos, no elegantes ni frívolos como los de otras amigas...

NATALIA GINZBURG, nacida en 1916, de *The Little Virtues*

* * *

Los amigos no viven simplemente en armonía, como dicen algunos, sino en melodía.

HENRY DAVID THOREAU (1817-1862)

* * *

....POR SER TU MISMO

Te aprecio no sólo por lo que eres,
sino por lo que yo soy cuando estoy contigo.

Te estimo no sólo por lo que has hecho
de ti, sino por lo que haces conmigo.

Te aprecio porque me has dado
más bien que cualquier credo,
y más felicidad que
cualquier destino.

Y lo conseguiste
sin una palabra, sin un signo.

Lo lograste por ser tú mismo. Quizás eso sea,
al fin y al cabo, lo que significa ser amigo.

AUTOR DESCONOCIDO

* * *

La vida no es nada sin amistad.

CICERÓN (106-43 antes de Cristo)

* * *

De todas las cosas de que el saber dispone
para hacer enteramente feliz una vida,
la mayor de todas es la posesión
de una amistad.

EPICURO (341-270 antes de Cristo)

* * *

Cada uno muestra lo que es en los amigos
que tiene.

BALTASAR GRACIÁN

* * *

La amistad acrece la felicidad y abate
la angustia, doblando nuestra alegría y
menguando nuestro dolor.

JOSEPH ADDISON (1672-1719)

* * *

El amor es caviar y tarta de boda, fresas con nata. El amor es champaña. La amistad es pan reciente, mantequilla fresca, queso de granja y una tetera para dos. Claro está que en la vida es mejor combinar las dos cosas. Pero la amistad resulta más fácil de digerir.

PAM BROWN, nacida en 1928.

* * *

La verdad es que la amistad me parece tan sagrada como el matrimonio perpetuo.

KATHERINE MANSFIELD (1888-1923)

* * *

¡GRACIAS!

Si tuviese que pronunciar un
discurso solemne en tu homenaje,
de gratitud y afecto profundos,
cobraría un alarmante tono
escarlata e intentaría huir.
Así que no lo hago.
Dalo por dicho.

MARION C. GARRETTY, nacida en 1917

* * *

Sólo deseo una cosa.
Vivir lo suficiente para devolverte
de algún modo tu generosidad
inmerecida y abrumadora.

PAM BROWN, nacida en 1928

* * *

Lo más duro es carecer del poder de la magia para socorrer a un amigo.

MAYA V. PATEL, nacida en 1943

* * *

No dudo de haber merecido los enemigos que tengo, pero no creo que me mereciese mis amigos.

WALT WHITMAN (1819-1892)

* * *

Seremos amigos mientras haya correo y teléfono,
mientras tengamos cosas que decirnos y alegrías
y ansiedades que compartir. Siempre.

MARION C. GARRETTY, nacida en 1917

* * *

Creo que existe una amistad que se reconoce
de inmediato, un tipo de afecto. Sólo requiere una
palabra fugaz, el contacto de una mano, mas
la separación es pérdida, y el leve dolor de la
pesadumbre perdura siempre en nosotros.

H. M. E.

[MUY LEJOS]

El simple conocimiento de una amistad torna posible resistir la soledad, la enfermedad y la confusión, aunque el amigo carezca de medios para ayudarte. Basta con que exista.
La amistad no mengua con la distancia ni con el tiempo, la reclusión o la guerra, el sufrimiento o el silencio. Es allí en donde más hondamente arraiga. Es allí en donde florece.

PAM BROWN, nacida en 1928

* * *

Aquí en la frontera, caen las hojas.
Aunque mis vecinos son todos bárbaros,
y tú estás a miles de leguas,
siempre hay dos tazas en mi mesa.

DINASTÍA T'ANG (618-906 después de Cristo)

* * *

Gracias Mª Teresa, por concederme tu amistad y tu cariño Maribel

10-5-96

No hay nada que
merezca
la fatiga de la victoria
como no sea
la alegría y el afecto de
los amigos.

HILAIRE BELLOC
(1870-1953)

* * *

CITAS SOBRE LA AMISTAD

Dios nos dio parientes; gracias a Dios, podemos elegir a nuestros amigos.

ETHEL WATTS MUMFORD (1878-1940)

* * *

Cuando uno ha sido buen amigo, encuentra buenas amistades, aun a pesar suyo.

NICOLÁS MAQUIAVELO

* * *

"Quedarse" es una palabra encantadora en el vocabulario de un amigo.

LOUISA MAY ALCOTT (1832-1888)

* * *

La peor soledad es verse falto de una amistad sincera.

FRANCIS BACON (1561-1626)

* * *

Pero un camino se me hace muy áspero cuando no hay un amigo que me aliente.

ELIZABETH SHANE, hacia la década de los veinte

* * *

UNA INQUIETUD COMPARTIDA

Lo que más nos sostiene no es tanto la ayuda de nuestros amigos como la seguridad de saber que podemos contar con ellos.

EPICURO (341-270 antes de Cristo)

* * *

Siempre crucé tu umbral sin más pena que la de marcharme.

THEODOSIA GARRISON (1874-1944)

* * *

Toda la grandeza de este mundo no vale lo que un buen amigo.

VOLTAIRE

Los que importan son los amigos a quienes puedes llamar a las cuatro de la mañana.

MARLENE DIETRICH (1904-1992)

* * *

Una amiga es alguien que cuando tienes gripe viene a verte con una bolsa de naranjas, la novela que deseabas leer y un ramo de flores. Las pone en un jarrón, te prepara una bebida caliente, hace la colada y se marcha.

PAM BROWN, nacida en 1928

* * *

Cuando un amigo pide algo, no hay mañana.

GEORGE HERBERT (1593-1633)

* * *

Un amigo verdadero es el que entra cuando el resto del mundo sale.

WALTER WINCHELL (1879- 1972)

* * *

COMPARTIR

La pena puede cuidarse de sí misma, mas para sacar el máximo partido de la alegría has de tener a alguien con quien compartirla.

MARK TWAIN (1835-1910)

* * *

La felicidad parece hecha para ser compartida.

JEAN RACINE (1639-1699)

* * *

Amigos, compañeros, amantes, son quienes nos tratan en términos de un valor ilimitado. Los más allegados son quienes mejor comprenden
lo que la vida significa para nosotros, quienes sienten lo que sentimos, los unidos a nosotros en
el triunfo y en el desastre, quienes quiebran el hechizo de nuestra soledad.

HENRY ALONZO MYERS

...Es que mis amigos han hecho la historia de mi vida. De mil maneras mudaron mis limitaciones en privilegios maravillosos y me permitieron caminar serena y feliz entre las sombras creadas por mi privación.

HELEN KELLER (1880-1968)

* * *

¿Para qué vivimos, si no es para hacernos la vida más llevadera unos a otros?

MARY ANN EVANS (GEORGE ELIOT) (1819-1880)

* * *